那么远，这么近

NAME YUAN,
ZHEME JIN

黄国伟 / 作品

百花洲文艺出版社
BAIHUAZHOU LITERATURE AND ART PRESS

图书在版编目（CIP）数据

那么远，这么近／黄国伟著. —— 南昌：百花洲文艺出版社，2017.12

ISBN 978-7-5500-2379-6

Ⅰ.①那… Ⅱ.①黄… Ⅲ.①诗集 – 中国 – 当代 Ⅳ.①I227

中国版本图书馆CIP数据核字(2017)第197726号

那么远，这么近

黄国伟　著

出 版 人	姚雪雪	
责任编辑	刘　云	
书籍装帧	黄敏俊	
制　　作	周璐敏	
出版发行	百花洲文艺出版社有限责任公司	
社　　址	南昌市红谷滩新区世贸路898号博能中心A座20楼	
邮　　编	330038	
经　　销	全国新华书店	
印　　刷	江西华奥印务有限责任公司	
开　　本	710mm×1000mm　1/32　　印张　7	
版　　次	2017年12月第1版第1次印刷	
字　　数	160千字	
书　　号	ISBN 978-7-5500-2379-6	
定　　价	29.00元	

赣版权登字　05-2017-335

版权所有，侵权必究

邮购联系　0791-86895108

网　　址　http://www.bhzwy.com

图书若有印装错误，影响阅读，可向承印厂联系调换。

序　言

刘国芳

今年四月份的一天，黄国伟打电话给我，说他打算出一本诗集，想让我帮他写一个序言。说实话，接到电话我感觉有点意外，也让我多少有些为难。不是我不想帮他写，主要原因有三：一是他出的是诗集，而我是写小小说的，对诗歌领域了解不深，怕写出来的东西不够说服力，影响了读者对该书的阅读；二是因为近期手头事情太多，抽不出更多的时间；三来是因为我这人向来不太喜欢帮人写序。之所以现在又答应写了这个序，是因为我想给黄国伟这样一个对文学热爱、有虔诚之心的文学青年以鼓励。

认识黄国伟是从认识他的作品开始的。我和黄国伟是微信好友，他平日里发在微信朋友圈的那些诗歌作品，有时间我都会看一看。他的几首描写花的诗歌作品《花语》还是经由我推荐，后来发表在《抚河》杂志上的。黄国伟是从2002年开始喜欢上文学并走上文学创作之路的。那时候，他正在南昌航空工业学院脱产进修学习，当时学习的是计算机专业，但他却对文学写作有更多的热爱，课余更多的时间都花在阅读文学书籍和写作上，为此他还在大学里获得过南昌航空工业学院成人教育学院"文学之星"称号。

通过对诗集完整的阅读，我对黄国伟诗歌作品也有了更深的认识。包括诗歌的风格、语言、节奏。黄国伟的诗歌多是描写大自然，描写生活中一些细小的幸福。花草虫鱼、风雨阳光、山川河流，都是他诗歌创作的题材和元素。当然，他的诗歌作品并不只有这些，生活中的人和事，生命中的反思和感悟，以及人与人之间，人与自然之间那种互相碰撞所产生出来的情感，也是他诗歌创作的对象。读黄国伟的诗歌作品，你能感受到春天般的温暖和舒适，能感受到"采菊东篱下，悠然见南山"那种自然的恬静与美好。他的诗歌给人的感觉是唯美的。读他的诗如同和大自然对话，阅读完之后，能让人即刻安静下来。有些诗单从诗的名字就能给人一种安静和美好。比如《小木屋》：我渴望有座小木屋/在白云飘落的地方/那里有山、有水/有谷底静静开着的野百合；比如《我跌落在莲的安静里》：莲总是那样静静地直立在水中/淡然而安详/月光如水/静静地泻在叶子和花上/我梦见自己变成一位采莲人/划着小船/哼着儿时的小调/自由得像一尾前世的鱼。黄国伟的诗歌不但是意境很美，他的诗歌语言、节奏以及意象都很好。比如《静下来》：我想约上三五好友/去野外，席地而坐/阳光从云朵上漫下来/风在草尖上行走/牧声如歌；比如《春分》：雨一直下/从燕子回巢的那一刻/一同落下的还有：落叶和离乡的魂/多么快，燕子飞时/春就过了一半/多么快，风还在路上/南方已是春暖花开。这些诗句，语言优美，节奏感强，意象选取也非常好，而且有很强的画面感。这些美丽清新诗作的产生，我想，这可能与作者的性格有关。黄国伟是一个内敛不喜张扬的人。他心性淡泊、性格安静，对物质利益和地位功名看得很轻；他喜欢阅读书籍，喜欢大自然，喜欢那种简单而又安静的生活。古话说：言为心声。这或许就是作者心性在作品中的一种映照吧。

　　2015年，在黎川县举办的谷雨诗会上，我和黄国伟有了第一次见面。他给我的感觉就是一个性格平和的人，这次诗会之后，他加入了抚州作家协会，我们接触的机会也就多了起来，对他也有了更多的了解。在文学这条道路上，黄国伟从在学校读书时，就开始文学创作，参加工作之后仍然坚持没有放弃，至今坚持了十多年。在现今追求物质享受，人心都很浮躁的年代，能有这样一份对文学的热爱和坚持，确实不容易。

"不经一番寒彻苦，哪来梅花扑鼻香"，黄国伟今天在文学这座大果园里，能摘得一枚小小的果实，这是他十多年坚持努力和辛勤耕耘得到的结果。虽然有了小小成果，不过作品还显稚嫩和青涩，还需要作者本人在以后文学创作的道路上，继续努力，不断磨炼，相信在不久的将来会更上一层楼。

目 录

心的灯盏

小木屋

我渴望有一座小木屋。

在白云飘落的地方。那里有山、有水，还有谷底静静开着的野百合。

我可以种菜、喂鸡，可以读书、写诗。

不必担心我会寂寞。

那里有小鸟的歌唱，有小溪的欢吟，还有一份远方的思念。

我渴望有一座小木屋。

在水草长满的地方，那里有风、有雨，还有河里静静游着的小野鸭。

我可以捕鱼、挖野菜，可以写信、想念故乡。

不必担心我会孤独。

那里有鱼儿的嬉戏，芦苇的轻舞，还有一个古老的传说。

从此，我就可以远离城市的喧嚣；

从此，我就可以不受世俗杂念的困扰。

我可以不再阿谀奉承，不再欺世盗名；

我可以不再有虚荣的心，不再有卑鄙的行为。

我渴望有一座小木屋。

在城市，在乡村，在我们心灵丢失的地方。

我跌落在莲的安静里

在这欲望燃烧的尘世里，我是怕遇见莲的。

我怕她窥见我藏在心底里繁芜的心事，怕她撞见我日渐混浊的目光。

大街上是来往穿梭的人群，一双双物欲的眼打我身旁穿过，交织如网，让我无法挣脱。

没有人在意夏草的味道，没有人关注蝉的歌唱。

在这尘事缠绕的季节，我渴求与莲的遇见。

我渴望走近她的身旁，在她清纯如水的回眸中，静静等候千年的月光。

那该会是怎样的一种情境啊！

一个人独步慢行在满是柳树的荷塘，亭亭玉立的莲或娇羞或静默地开着，月色如水啊。

有风从远方吹来，空气里弥漫着青草的气息，还有莲的呼吸。

烦忧总是不经意地就从尘世的巷陌中袭来，来不及回应，满心的错愕，便如这夏日里灼热的阳光穿透每一寸肌肤。

我知道，我是无缘走进莲的世界，太多的牵绊总在梦里浮现。

时间真的老了，日渐苍老的还有浊世里那一双双寂寥的眼。

我曾无数次试图从记忆里找回童年的纯真，还有曾经的无畏，但我无法逃离现实。

这让我想起了普陀寺的莲，想起了那里深沉而悠远的钟声。

莲总是那样静静地直立在水中，淡然而安详。

月光如流水，静静地泻在叶子和花上。我梦见自己变成了一位采莲人，划着小船，哼着儿时的小调，自由得像一条前世的鱼。

纷纷扰扰的世象没有了，欲望的眼没有了，我的内心如莲花一般清盈而透亮。

在这安静的世界里，是不必去想动物间的掠食残斗，不必想尘世里的尔虞我诈。

我真想就此站成一棵荷塘岸边的轻柳，一生一世静守着莲的身边，看风淡云轻，听蛙鸣风吟。

莲是寂寞的，但莲又是幸福的。传说观音曾是莲的前世，因为汲取了莲的清盈，所以对尘世才看得那么洞明透彻，不会为红尘所累，不会为俗事所牵绊。

我成不了观音，也无法超度自己日渐卑怯的灵魂。

这个时候，我想，我是应该为莲，也为自己吟一首诗的：

涉江采莲蓬，泽畔多芳草。

怜之皆是谁？所思在远道。

还顾望旧乡，长路漫浩浩。

静心而离居，忧伤以终老。

我，真的跌落在莲的安静里……

日　子

日子是什么？

日子是林荫道上恋人之间的温柔缠绵，

牵手、拥抱，然后嘴唇一碰，日子便甜甜地化了；

日子是咖啡店里朋友之间的轻松小聚，

握手、交谈，然后瓢羹一搅，日子便慢慢地融了；

日子是茫茫人海中行人之间的擦肩而过，

挥一挥手、道一声问候，然后转身，日子便渐渐地远了。

日子是苹果刀上的圈，时钟里面的摆，唱片碟上的歌；

日子是麦稻田里的熟，锅碗瓢盆里的香，石榴树上的红；

日子是天上的云，日子是树尖上的风，日子是小河里的水；

日子是爸爸手上的老茧，

日子是妈妈唇边喋喋不休的问候，

日子是妻子心中揪心揪肠的等待，

日子是丈夫身上甩也甩不掉的那份疼爱。

然而，日子又在哪里呢？

我问鸟儿，鸟儿说：日子就在我的翅膀里；
我问鱼儿，鱼儿说：日子就在我的泡泡里；
我问花儿，花儿说：日子就在我的芬芳里。

思念的时候，日子一天一天地瘦了；
幸福的时候，日子一天一天地肥了；
闲的时候，日子来得很慢，
忙的时候，日子走得很快。
抱怨了，日子便也累了；
痛苦了，日子便也重了；
微笑了，日子便也轻了；
快乐了，日子便也浓了。
寂寞落魄的时候，日子赶也赶不走；
春风得意的时候，日子收也收不拢。

日子是一首首的歌，唱也唱不完；
日子是一个个过客，留也留不住。

想你时，你在天边

早晨，明媚。

阳光穿越你的秀发散落我的窗台，一片宁静。

天空开始燥热，生命正在浓郁地燃烧。

思念、痛苦、侵扰，然后蔓延。

我多么希望，你能陪我住在这里，安安静静，与世无争。

但我知道，一切都在改变。小树，青草，还有曾经清澈的目光。

光阴，层层叠叠。我在狂风中振翅前行。

我知道，我就要踏上征途，我要让爱重生，即使万劫不复。

我愿意变成一只刺鸟。我看到了前方的陆地、鲜花，还有，金色的阳光。

我内心里有一个声音在飞速地向我靠近。那是终点，是希望，是谁无法阻挡的，前行的脚步。

我要随着太阳的方向，随着风，飞翔。

我相信，你就在远方，那也是我的天堂。

自然之光

我喜欢和你说美好

我喜欢和你说美好
和稻穗，芦花
和云朵上自由穿梭的雁燕说
和清晨草尖上眨眼睛的露珠说

当我说起美好时
海是涌动的，山是雀跃的
偏见和陌生全都消失

我喜欢说美好
虽然在这繁复的人间
说得有点艰难
可一经说出，就是温暖

如果你愿意

在这个稠密紧闭的世界里
如果你愿意
一定能够看到野鼠疯跑的脚印
在某一次的安静里，突然听到
稠密激动的鸟叫声

这自然的世界是多么美好而辽阔
芨芨草的秀美与安详，梭梭柴的淡然和坚强

在这个悄寂阔大的世界里
有时，四面穷目
有时，万丈红尘

如果你愿意
在你心的另一个角落

会有些光亮，欢喜独行

天亮了

天刚微亮，麻雀就叫开了
"唧唧啾啾，唧唧啾啾"。空气里
蹦跳着数不清的幸福和快乐
鸽子三三两两，在屋棚上
悠闲地来回踱步
天蓝得像海，白云
像草原上的绵羊一样安详

此时此刻
聒噪如鼓的人世间还很安静
虚妄而忙碌的魂灵，还沉醉在睡梦中

就要天亮了
我该不该把所看到的这一切
说出去

当你走进森林

当你走进森林

你的脚步要轻

不要踩到松鼠的尾巴

也不要踩到野花的裙子

早晨还没有醒来

夕阳还没有落下

时间静静地停在空中

没有来，也没有去

就这样安静地活着

如果可以

我愿是妈妈菜园里的一株草

静静地生长，在某一个角落

看南瓜花开，豆角爬上架

当然，还有蝴蝶的舞姿

把心灵安放在泥土里

这世界多么安静啊！

没有人来送往

没有利益背后的阴谋

这个地方

风是温柔的，阳光是温柔的，蜗牛是温柔的

你要看到眼睛深处的美好

我不会一个人

躲在季节深处

孤独。我知道

豌豆什么时候开花

也知道蜗牛喜欢在四月出来赶春

是的，在去年的冬天

我曾为雪的消融而忧伤

为自己和亲人的病痛而忧愁

但美好的事情总要来的

阳光，雨露

还有春天里的碧绿的菜畦

真的，不要总叹息

你要取下宿命的指环

等待

美好的事情到来

我想悄悄地告诉你

我想悄悄地告诉你，小鸟怀孕的事

不必告诉他们

比如藏在树洞里的蛇，躲在秋天深山里的

大尾巴狼

在冬天里待久了，我想去看看春天

我答应过小院里的梨树

在它的枝头，种上三百六十五朵雪花

如果，在春天里待烦了

我就一个人

去很远很远的野外

寻找我的童年，还有

在外流浪的蒲公英

我有一所花园

我有一所花园

在你忧伤时打开

看一只尺蠖慢慢爬上豆荚

蝴蝶穿越千山万水

从南方的南方

走来

一声春雷落在草尖上

晶莹透亮

我不想

雪水还留在泥土里

现在

春天来了，栀子花打马而来

穿过季节的屏障

你，就在我的花园里

住下

看菜虫爬来爬去

一朵花的幸福

阳光一早就来了

我就在自家的花园里

等待

蜜蜂来了又走

这世上没有一样东西我想占有

即便是阳光

任何我曾遭受的风雨和磨难，我都忘记

想到小鸟能够自由地飞翔并不使我难为情

在我身上不再有痛苦

我就在这里

等待

来年的春天

多么美

早春里
麻雀叽叽喳喳的叫声多么美
晨光中
香樟树长出的新叶多么美
夕照下
停落在寺庙里的光阴多么美
哦，我安静的心是多么的美
凡尘世之美，神都垂爱

山中旧事

小时候
山里的时光寂静缓慢
放学回来
我们坐在桥畔
看夕阳落向山林，看蜻蜓穿雨而飞

屋边小溪缓缓流淌
溪边芦苇轻轻摇曳

一只鸟立在栗树枝头
一头水牛从田间悠然归来

时光静静流逝
我们慢慢长大

看 见

南瓜花开了
茄子花开了
豆角爬上了竹架
玉米鼓胀得像少妇一样丰满

光阴消逝如电,我的容颜一天天
老去。但我没有忧伤
因为我看见,这些美好
还在

这样的日子

我醒来时，窗外的麻雀早已叫开
对面屋顶的南瓜花竞相开放
一只白鸽站在屋顶一动不动
静静地凝望着远方
神情专注

邻家的阳台上，穿睡衣的主妇正在浣洗
小区里大人催促小孩上学的叫唤声
高一声低一声地从小巷传来

这样的场景，是昨天，是今天，是明天
这样的时光，慵懒而漫长

每一天都是新的

每一天都是新的
阳光是新的，雨水是新的
麻雀的叫声是新的，还有
我的喜欢是新的

昨天，妈妈的唠叨
爱人生气时说过的话
以及，别人的假意或真心
我都忘记

每一天都是这么美好
细碎，而喜爱

野　草

我是一株生活在荒原上的野草
如此卑微，又如此弱小
我知道，没有人关心
我的生长，关注
我的苦难和忧伤

这世界，有太多的繁华和虚荣
去追逐，有太多的
风花雪月去颂扬

我长的是如此其貌不扬
连小小蚂蚁都不想
与我诉说衷肠

我是一株生活在荒原上的野草
如此卑微，又如此弱小
可是，我也有我的快乐和梦想
春来了，我和小鸟一起歌唱

风来了，我和蝴蝶一起舞蹈
我不惧怕冬季的枯萎
也不惧怕孤独与忧伤

只要给我
一寸土地，几场雨水
还有，一缕轻暖的阳光
我就能找到，属于我的
快乐天堂

红花草

在田野里
在小溪边
在三月的响铃中
一朵又一朵，细小的花
迎着阳光，安静地开着
样子很美
她叫什么名字
我要怎样去爱怜她

我住在不远的小城
隔着世俗想她唤她
虔诚而激动

大地清明，春光明媚
有人去赴，桃花的妖娆
有人去赶，梨花的热烈
蜜蜂正在油菜花地里
享受那片金黄

我想起了稻垛下

一朵又一朵，细小的花

她在寂静的田野里

看水中的光影

记不清有几个黄昏，有几个早晨

我从她身旁静静走过

我低低地对小草说，她

很寂寞

我要把她抱在怀里

我想告诉杜鹃花，盛开时

场面小一些

告诉老水牛，犁田时

脚步轻一些

我还想

一遍又一遍地告诉春天

她的安静，还有她的美丽

牵牛花

你总是喜欢
爬在妈妈菜园的篱笆上
在清晨第一缕阳光到来之前
等待
一颗快乐的露珠

而我
则喜欢牵着我的老水牛
在你的唢呐声中
静静地守候
天边的那一抹夕阳

你美丽的是秋色
我快乐的是童年

小　溪

小鱼
喜欢缠着你
让你带它去远方
看看大海

青蛙
喜欢缠着你
在稻田里
与你一起嬉戏

而我
喜欢用我整个的童年
在你的身体里
打捞快乐

布谷鸟

又是一个春暖花开的季节
心草垄长，泪水成烟
守望了一冬的心愿
化作天边一条丝带
把杜鹃挽红

朝出晚归的插青人
能否
背负起你今生的祈缘

为了一份远方的爱
你甘愿一生
唱着凄婉离别的歌

痛
是思念的结
解也解不开
忆是待开的门
掩也掩不住

蜻　蜓

你总是以独有的方式
挺立于相思的两端
苍茫的水天之间
是你永不凋落的翅膀

雨后的风
告诉你
等待的背后
更多的是无奈与彷徨

你却坚定地说
只要信念不断
幸福
就会在远方

蝉

黑暗、孤独、寂寞
十七年的隐忍生活
你的一生在为谁而赎罪

天
渐渐开了
阳光很热烈

羽化蜕变
一旦破土而出
谁也阻止不了你的歌唱

等待
终于飞翔
即便是短短的七十天
也要叫响一个夏季

飞 鸟

在这充满欲望的尘世里
我无从遁逃
即便是城市的角落
也暗藏无数双哀愁的眼睛

我一次又一次地
试图去打开一扇窗户
阳光却依然在远处
温暖

寒风
总是如期而至
在我的痛苦里
快乐地奔跑

我梦见

自己变成了一只飞鸟

在童年的树林里

穿行

然后

朝着太阳的方向，飞行

清　晨

阳光从远山照过来
光散落在水面，闪闪跳动

一粒鸟鸣刹然而起
微风轻颤

盯江河畔，水草青青
早起的打鱼人
正弯腰起网

王府大街上
忙碌的人，步履匆匆
瞬时，便淹没在尘世里

蜀　葵

大朵的白云悬停在空中
光阴缓慢。我听到
墙角、菜园、小院的蜀葵
噼噼啪啪地开

蝴蝶从小溪边飞来，蜻蜓立上枝头
而我，站在老屋旁
童年那么远

风车花

四月
百花争艳
桃花夭夭
广玉兰洁白而美

细微的风车花藏在藤蔓里
像蚂蚁的心思，那么小

男人围着桃花
女人坐在玉兰树下

我有小小的心慌
飘荡在路上

尘世多么空

相处之道

小灰雀在香樟树上飞来蹿去

香樟树不怨不怒

香樟树枝丫伸进桂花树丛里恣意生长

桂花树不怨不怒

桂花树遮盖了六叶草全部的阳光

六叶草不怨不怒

惺惺相依的自然神灵多么美

懂得谦让的人多么美

一样轻

深秋
阳光和灰尘一样轻

清晨
牵牛花和露水一样轻

尘世
孩童
活得和芦苇一样轻

摘豌豆

摘豌豆是一件美好的事
不说水淡淡的阳光，女子一样的风

五月葱茏。它躲在草木里
藏了一个春天

母亲坐在老屋前一粒一粒剥豌豆
小花猫睡在身边

这样的场景，你应该还能想起
比如，风过之后，那翻滚的麦浪
比如，盛夏的夜晚，那村舍旁闪动的萤火

小蓝花

姑且，我就叫你小蓝花吧

你是那么弱小

甚或卑微

你总是一个人安静的

默默地独居一隅

山脚下，田塍旁，墙角处

没有人注意你的存在

即便你有一双孩子般清亮的眼睛

一份超凡脱俗的品质

春天多么明媚啊

牡丹妖娆，茶花炫雅

这尘俗有多少颗追名逐利的心

而你，小蓝花

就这样

暗暗地躲在某一个角落

守着属于自己的那一份春景

不妄，不厌

芒草花

静静地长在湖边，远离都市
不诉苦，不争欢
风来低头，风过直身
斗转星移，世事苍茫
春夏秋冬，青丝变白发
何必去谈曾经历经风雨雪霜
千年的光阴啊
都不过是芒草花
黄了又青，青了又黄

河　流

它总是日日夜夜
总是，固执地
朝一个方向奔流

有些东西
大海是不知道的
小溪知道

春天的样子

春天的样子是多么美
鸟声清亮，燕子
在田野里飞来飞去

水塘边的桃花羞答答地开
杏花洁白而美

柳树长出了新芽
青草绿满山坡

到处是新鲜的阳光
到处是跳动的生灵

我喜欢春天这样美好的样子
喜欢小孩子新叶般的微笑

一切才刚刚开始
一切即将新生

碗　莲

许是观音有了慈悲
许是尘世有了离愁

一滴泪落入玉盘
融入清水

便有了
丝丝缕缕的牵挂
便有了片片盛开的
相思

一棵青藤爬上春天的墙

一个背影跌落梦里

乡村渐次亮了起来

是谁

不小心把种子丢在了风里

一种力量

破土而出

姑娘坐在老屋前

凝视着一张旧照片

一棵青藤

慢慢地从她的心底爬出

然后，是潮水般的思念

暴风雨之后

一场暴风雨之后
大地天空变得纯粹而谦卑
木槿花开得安静
蜀葵低眉
草木挂满了欣喜的泪珠

人啊！一生中
就需要几场这样的暴风雨
比如大苦，比如大悲
比如一夜白头
这样，你再去尝生命之果
幸福的滋味便会溢出来

物候的秘密

立　春

细雨润湿了一切
温柔万分而又寂静无声
雨又落了一会儿。我要去到田野里
光着脚，好让泥土渗入我的肌肤

初春多么美妙
枝头开满了湿漉漉的花朵
鲜嫩的树叶在阳光下微光闪烁

金龟子在池塘里钻来钻去
小蜥蜴从草丛里爬出来，眨巴巴眼睛
我，不想踩到它们

雨　水

坐在一个有雨的早晨

坐在屋檐下

不被日常琐事烦扰

不辜负时光，不诉说欲望

只说清浅的流水

只说小小的心思

只说春雨

一场雨下得漂亮

一定是心澈明净的时候

惊　蛰

春雷初鸣，天气渐暖

走进微雨的清晨

饮桃花

饮杏花

饮草露

一粒布谷鸟的叫声

落进了水田里

在暮晚，一个人可以

种葵花

种蓖麻

种大麦

有三千种抵达春天的方式

而我，只选择与蛰虫

一同出发

春　分

雨一直下，从燕子回巢的那一刻
一同落下的还有：旧叶和离乡的魂

多么快
燕子飞时，春就过了一半
多么快
风还在路上，南方已是春暖花开

我多么希望
是河塘岸边的一枝轻柳
是辽阔大地上正待拔节的一株麦苗
是穿月夜而归的一只新燕

你看，墙外的暮色已经远去
鲜嫩的叶子已开满香椿树梢

我心底里藏着许多的好与坏
藏着漫天星辰

我要把生活抬向时光的高处

要用漫长的一生

向你诉说

春天的美好

清　明

清明时节，我走在山里

杜鹃花开得很欢，蜜蜂嗡嗡地歌唱

一些人正从远方赶来

一些人正在离开

偶尔，有风吹来

思念便从心底里跑出来

飘进奶奶的梨花小院

然后，一片一片地盛开

谷　雨

雨水顺着瓦沿匆匆而下
一滴，二滴，三滴
成丝成线。这个时候思念
一定无比惆怅

小院外传来鸟的叫声
叽叽喳喳，喳喳叽叽
简单，清亮。这个时候听童谣
一定无比美好

一个小姑娘，坐在屋檐下
神情专注，眼睛勾勾
新来的燕子
屋里屋外，飞进飞出

我从尘世里醒来
心，那么静
那么美

立 夏

夏天来了
风车花开始枯萎
纷纷开，纷纷落
一生就是一个人的独欢

习惯在洞穴里深居，在雨水里深居
在别人的爱和恨里深居

我拥有清晨，拥有黄昏
拥有喜怒哀乐，拥有
离合悲欢

小　满

南风一吹，草叶
就蹿着疯长
也落了花，也结了籽

油菜一株株挺着大肚子
喜悦挂满枝头，像孕妇
初为人母

母亲把油菜
一把一把抱回家
倒挂在竹竿上，绿油油的籽娃娃
就一粒一粒地往下落

辣椒开了细小的白花
黄瓜长满了刺痘
茄子嫩头嫩脑
小花蝶在蜀葵花丛中，兴奋地
飞上飞下

天气热了，秧苗青了
草尖上的露珠
闪闪发亮

我采一束野蔷薇，山中归来
你在尘世里
涂抹悲喜

芒　种

雨水一场场地下
榴花一朵朵地红

我已煮好一壶梅子酒
等你，在江南小镇

夕阳下，牧童
骑牛归来。农夫
在晚风中轻声哼唱

待东风染尽
待白鹭飞来

我们在南山下
租田三千倾
种瓜
种豆
种离愁

小　暑

一场雨下过之后
天又热了

禾苗挺直了腰杆
玉米伸展着双臂
蜻蜓立在新荷上

风和，水浅
蝉鸣，鸟叫

爷爷坐在槐树下
蒲扇轻摇

此刻，
我不想羡慕任何人
也不想嫉妒任何人
把爱留给亲人
把恨扔给流水

不远游，不会客
我就待在自己的小屋里

熬小米粥，喝小花茶
写小情诗，过小日子

夏　至

阳光很白，安静地照在墙上
不时有汽笛声从街上传来
蝉声缠绕。拾荒老人
高一声低一声地吆喝着：
　"有破烂卖么，旧电视，旧冰箱，旧洗衣
机……"

　一只猫从墙头飞快地走过
　一阵风吹过，这夏天就远

大　暑

小鸡在树荫下觅食
小狗在门洞里打盹

丝瓜梅豆爬上了竹架
枣树挂满了青果
葡萄就要熟了

奶奶坐在槐树下
轻摇白羽扇

炊烟袅袅的村庄里
小鸟落在树枝上
蟋蟀藏在草丛中
孩童乐在小溪里

每一个生灵都有山有水
每一个生灵都那么知足

立　秋

蝉声了
秋意凉
风吹，雁两行

独留残荷
对清月，落轻霜

处　暑

这个时候，我想约你
去放河灯，过渔节
去看倦鸟归巢
去听秋虫鸣叫

天气就要凉了
草叶就要枯了
北雁欲南飞

盛夏将过
叶落纷飞
不必叹息
生命此长彼消

美好的事物正渐次展开
稻子黄
棉花白，葡萄熟
芭蕉浓

白　露

晚林，虫鸣
霜晨，月冷

这个时候
我不想和你话秋风
话落叶，话寒蝉

不去说
海棠、茉莉、木芙蓉
黄雀、柳莺、山麦鸡
山野多寂静

草叶上的露珠
已凝结成霜

尘世里的众生
能否
向死而生

秋　分

我与时间对坐

不记夏热，不想秋凉

小茶、诗歌，还有酒

说雨水，说蝉鸣，说台阶上的青苔

后来

我骑雁南飞

后来

我醉在草丛清露之间

霜　降

柿子一红，霜花就落了

落在枯枝上

落在稻垛上

落在菜园子的草叶上

这个时候

你喊一声阳光，阳光就薄了

你喊一声河水，河水就凉了

你喊一声秋虫，虫声就稀了

飞鸟、草花

还有青春

都一一逝去

但我没有悲伤

我看见村庄上空亮起的炊烟

快乐得像个孩子

冬　至

日子轻了，阳光暖了
芦花白了，河水浅了
光秃秃的白杨树上落满了鸟窝

一群孩子在院子里牵手唱着
九九歌
邻家小妹站在阁楼上含羞观望
一枝素梅红了她的脸庞

咸鱼，腊肉，香肠挂满了竹竿
戴老花镜的奶奶坐在门槛上
缝补旧衣衫

阿爸赶集归来，轻喊妈妈
老旧的木门，吱嘎一声响
一年的光阴，就这样
转身过去了

花

语

栀子花

我该以怎样的一种姿态
来仰望或解读
你那婴儿般的清纯和圣洁

小鸟撩拨了春的风情
让那一低头的娇羞
次第开放
不为妩媚　不为争宠

一定有青鸟在歌唱
一定是心中的思念在呼唤

青春的脚步太匆匆
你的我的幸福的悲伤的
一切如流水般从你我的指间悄然而过

只有那一首怀旧的老歌

还在你我的耳边

轻声传唱

栀子花开呀开　栀子花开呀开……

木棉花

我知道

是该离别的时候

在风还没有睡醒

在眼睛还没有干涩

请允许我

飘然而落

五月的阳光

曾经敲打过我的窗台

七月的雨

又怎能阻挡

青春火红的脚步

打开装满绿色的行囊

昨夜的梦

便不再迷惘而慌张

张开美丽的翅膀

在烈火中

放飞希望

含羞草

我是多么痛苦啊！
想你，却不敢靠近你
我怕我的冒昧惊扰了你

可是，你知道吗？
因了你一个浅浅的羞笑
我的心
便开始变得彷徨

本不想泄露出心事的
只是太过想念
一不小心
便随风飞临到你的面前

就让我站在你的身边
看你　半掩半露的娇媚
为你　轻唱一支月光爱人
好么？

可是

你还是羞怯着脸

不肯多看我一眼

我多么希望

我的心事你能明了

多么希望

你的心是为我而慌张

蝴蝶兰

邂逅一次
要等待多少年
化羽成蝶
只因你出现

那个翩翩的少年
还能否忆起
曾经海枯石烂的誓言

多少次春去春又来
朝朝暮暮
只为你等待

我是一只守候千年的蝶
前世今生
秀发为谁梳　红妆为谁补
曾经的那一次回顾
让我为爱

一生一世梦里起舞

一个隔世的传说
就这样
一代又一代
诉说着
多少爱恨情仇

桃　花

总有一场相恋

是为春而来
总有一份爱
能够在唐诗宋词里
编排

当蝴蝶舞乱了春水
当如雨的心事坠满了花瓣
你的回眸
注定是千年的情殇

我不知道
当年打马而过的少年
能否忆起
阿妹年少娇俏的模样

影落清波的等待总是漫长

点点滴滴

疏离了多少

闺中的想象

昙　花

一年又一年
在黑夜里孤独等待
韦陀啊
你可知道我心中的思念

一朵花
寂静而妖艳
温柔的月色
又怎能遮挡我心中的彷徨

站在时光的路口
等你
每一个清晨和黄昏

可是你没有来
我那青苔般的心事
便生生地悬挂于季节之外

绵长而悠远的痴念

在指间

缠绕了一遍又一遍

有一个声音在呼喊

爱　请不要走远

躲在幽深的夜里

我以忠贞的姿态

守候 一朵花

第二天黎明的盛开

我多想就这样静静地睡去

让时间绽放出花朵

让痛苦和忧伤

随往事　一同遗忘

在这个情如薄纸的年代

你是否依然会记起

那一首老歌

那一句誓言

还有　那一双清澈如水的眸

丁香花

在结满青苔的时光里
我听到一声
长长的　长长的
幽怨

谁家的姑娘
在古巷里
徘徊
又忧愁

日子就这样
匆匆地去又匆匆地来
有谁能够明了
你梅雨般的心事

或许

种一棵菩提

才能解开

你心头

那丝丝缕缕的

千千结

莲　花

夜太长

寂寞伤了春梦

我的孤独有谁能懂?

我就是你前世种下的一株红

注定

为你守候

爱也情浓　恨也情浓

也许前方的路还很长

也许等待还很久

只因

那一眼

我愿意用一生

坚持

风雨无阻

梅　花

寒风中

你踏雪而来
忘却了尘俗淡却了繁华

疏影暗香里
片片落红
凋零了多少岁月时光

没有人知道
你娇俏的容颜为谁而藏
没有人知道
你如蝶似羽的梦
又会落在谁的身旁

谁才是你心头的那一抹忧伤
成疾的思念
瘦了来年

一地的春光

问一问枝头的鸟
天涯海角
谁将与你横笛
一起漂泊
到地老天荒

尘世之美

那么远，这么近

夏日的夜晚多么安详
一轮弯月落挂在树上
父亲坐在树下
吧嗒着水烟袋
儿子在院子里
逗虫玩耍

田野里蛙鸣声四起
风轻轻吹拂
你从都市归来

尘世里的幸福
那么远，这么近

我一样也没有留下

阳光羽毛一样
轻轻落在窗台上
落在我的眼睛里

麻雀来回踱步，在屋檐上
没有谁比它更懂得
这清晨的美好

我总是记挂着雨水
记挂着
被雨水打落的花朵

羽毛一样的阳光
婴儿毛发一样的风
还有麻雀小小的欢喜

这清晨就要离开
我一样也没有收留下

每一天，都很美

清晨，坐在一个人的屋内
静静地想着简单清亮的生活
阳光落在窗台上，落在
飞悬的尘埃上

春天走后，小黄菊
依然开得很美

这尘世
没有什么不可割舍的事物
一想到还能在河堤上轻快地散步
还能听到草木间虫鸟的鸣叫

每一天，都很美

遇　见

终于又遇见了你
盱江大道走过的女孩

还是那样走路轻轻
还是那样清澈的眸光

晨光一样的气息
是你的气息
子桂一样的香味
是你的香味

我亲爱的女孩
我给你的喜欢一直很安静
只是你
未曾知道

诗　人

他会写诗
喜欢写诗的人
可以飞
像天空中的一朵云
田野里的一朵蒲公英

孤独地飞。很少有人懂得
他心里的那份美

一　生

他在云朵上种棉花

在月亮上种树

在大海里种浪花

他也在心里

种良善，种离愁

种上种子和光亮

将仇恨摁在流水里

将野兽摁在黑夜里

他把爱含在舌尖上

把慈悲写进诗歌里

把心中的石头一一掏出

扔进江边的草丛里

他轻轻地做梦

轻轻地爱

慢下来

就像现在
在这下着霏霏小雨的冬天
我们围炉而坐，彼此默不作声
你喝你的茶，我想我远方的她

慢下来
像蜗牛一样在稻秆上慢慢地爬
风从小河边吹过来，哗哗哗地响

慢下来
像麻雀在屋顶上来回地踱步
阳光从沙枣树上照下来，热烘烘地暖

慢下来
像小孩在放学路上嬉戏玩耍
老水牛从紫英草地里走过来，哞哞地叫

我喜欢这样的慢
尘世的一天，就像一世那么长

愿　望

我希望活得像一朵雪花
从美丽的天空飘下来
飘向森林，飘向海洋，飘向大地

我希望活得像一朵蒲公英
生长在广阔的田野里
随风一起舞蹈，一起飞向远方

我希望活得像一只鼹鼠
奔跑在田野里
自由地生活，　傻傻地快乐着

仿佛草木安静地生长
没有烦恼，没有忧伤

对面屋顶的麻雀

对面屋顶有一只、两只、三只麻雀

有比三只更多的麻雀

每天的傍晚，或早上

它们都到屋顶来

一会儿飞上，一会儿飞下

或者是

在屋沿边，很惬意地

走来走去

像小孩一样，像风吹动树叶一样

有时候，它们还唱着简单的歌

住在对面的我

总是很羡慕

有一个想法，藏在我心里很久

我想去告诉它们

可是，太阳上来了

我还没有动身

雨　天

这个时候，适合
三两个人，坐在茶店
喝茶、抽烟，聊天，谈女人
如果心情好的话
还可以，欣赏大马路上开出的小白花

这了个时候，还适合
一个人坐在窗前，想：
自己如何从童年活到垂暮
如果这样太过忧伤
还可以，看对面屋顶沐浴的花
或者
听小鸟谈论爱情

我愿意做一棵树

我愿意做一棵树
在冬天入眠，在春天醒来
把梦植入泥土
听小草破土，青蛙鼓鸣
我愿意站在远远的山冈

隔一条岁月的河
看炊烟升起，牛羊下山
有时也会忍不住
忧伤
在寂寞的时光里
静静地默想
另一个山冈
另一棵守候远方的树

写给这个世界

如果可以，我们空出自己的房子
顺便空出，我们的双手
不出门，不迎来送往
我们坐在自己的房间
不说话

我们只是坐着
顺便空出，我们的舌头和思想
门开着，窗户也开着
我们就这样坐着，看一朵花
在春天的早晨，慢慢打开

静下来

我想约上三五好友，去野外

席地而坐。阳光从云朵上漫下来，风在草

尖上行走

牧声如歌。一些人离去，许多人正在赶来

的途中

什么也不说，不说岁月苍茫

不说商贾往来

不说红墙内的繁华，不说码头边的离愁

我的目光只停留在这里，还有我的心灵

这些花草浸染的时光

静下来

大地，还有远方

给你一个春天

我们彼此想念之后
桃花就开了
开成你，早晨醒来时的样子
那个时候
我便忘了冬天
忘了，呜呜作响的北风

尘世之美

我的一生，只为了
在尘世之中，享用一份纯真之美
而费尽心思

每一个白昼与夜晚
我认真而努力地活着
为的是
从中，享受亲朋给予我的
无上幸福

我从寺庙前走过

一个老僧在井边打水

两个小沙弥在空地上劈着柴火

枯老的树枝上立着一只枯老的鸟

它垂着眉，收着羽

没有人比它

更懂这人世

别喊了，小姐姐

别喊了，小姐姐
你一喊
我的心就和院里的萤火虫
全飞出去

想你，不想让人知道
偷偷的多好

你知道
我不是坏小子
不留长发，不吹口哨
更不踩踏青草地
夜里，也不四处闲逛

是的，我只静静地
坐在小院里
等到月光放下梯子
我就爬进你的梦里

想你的时候

想你的时候，我就去看牵牛花
一条枝蔓，一朵花
枝枝蔓蔓到我家，想你一路
到天涯

想你的时候，我就去看牵牛花
细小的思念，在晨曦里开成了朵朵
大喇叭。大喇叭啊大喇叭
我的想念，请大声告诉她

蜜蜂来了我不怕，阳光毒辣我不怕
痛也是花，苦也是花
总有一天，有一个孩子
会叫一声你妈妈

你是我的春天

我只允许你一个人喜欢我

只允许春天，为你一个人慢慢打开

我们去听火车的笛声

我们去看树上的月亮

我们停止摇曳

慢慢长出叶子

我们相拥

流着泪水微笑

更多的人

车马辚辚

路过我们

就像我们路过

我的一生

我的一生，什么都没有发生
只是静静地
在素洁的光阴里
看过你

看了一回，又一回
一眼是暖
一眼是燃烧

远方的姑娘

很久了
我忘记了远方
还有远方住着的那个姑娘

麦子黄了，稻子熟了
而你，却去了南方。

日子重重复复
山高水长
也许有一天
我会唱起赞歌
忘记忧伤

这尘世有你，就好

只一声轻念
就动了心
一切是多么美
想着，不见面。忧伤
不落泪
这尘世有你，就好

尘世漫长
在人群中看你
就像
你在往事那边
我在这边

小欢喜

这尘世多么荒凉
这人群如此荒张

我有我的小欢喜
像灯火一样明亮

我看见窗外的蜀葵
开满了金色的花朵

风
你要绕开我
我小小的手掌遮不住

花都开了

某一个春天
某一个旧人
站在山顶上，喊着：
"花都开了——人都老了——"

好像一嗓子就喊开了山花
好像一嗓子就喊老了人生

天地辽阔
山是小的，树是小的
人和鸟都是小的

只希望
老老的人有颗童真的心
老老的树开着新嫩的花
老老的鸟唱着快乐的歌

没有关系

不太会说话，没有关系
不会写诗、画画、唱歌，没有关系

没有渊博的知识，没有关系
没有裘衣锦食也没有关系

不懂得世故争斗经营，没有关系
没有人知道也没有关系

我只知道我的稻穗和豆粒，红枣和青杏
只关注萝卜和白菜，莲藕和茭白

在棉布衣裳和老布鞋里
在柿子树和海棠花里
在红薯地里和野菜丛中

与你分享，我所有的喜悦
即使你即刻表示不屑
那也没有关系

请赐予我一个女儿

她喜欢植物和童话

喜欢爸爸和妈妈

她会哭，嘤嘤的

她会笑，娇娇的

依赖你，她要你抱

讨厌你，她就大喊大叫

她调皮，像小猫。她善良，像绵羊

她羞涩，像一株含羞草

安静时，她就像一朵花。闹腾时，她就像

一匹马

勇敢时，像爸爸。温柔时，像妈妈

我的女儿，就是她

我在梦里想着她

无　题

我还是要喜欢这充满盐和糖的

世间

喜欢这单薄的躯体

爱恨都来吧！悲喜都来吧！

明亮的灯，一盏

挂到黑夜中去

挂到风里去

我比你活得简单

我尊重他们对生活的选择
追逐金钱，锦衣阔食
醉酒，玩乐

我并不怨恨
这人间
这令人炫目的世界

我知道，我的忧伤
并不能阻止腐朽的滋生
落叶终将回归
大地

我比你活得简单，这已足够

傻　想

突然想做一只麻雀
在屋顶上闲散地走来走去
突然想做一朵南瓜花
盛开在小院的架棚上
突然想做回儿时的自己
背着书包上学堂

突然想，在某一个下雪天
去你的城市看你

寂寞的时候

我寂寞的时候
雨是不知道

雨寂寞的时候
太阳是不知道

太阳寂寞的时候
月亮是不知道

月亮寂寞的时候
漂泊异乡的人

一定知道

下一个路口

夜，一低再低
抚摸每一片花朵和叶子，忧伤
或者醉

请相信，在这个枯黄的季节
知春鸟，会把绿色填满
在下一个路口，等你

乡村童话

每天早上，太阳从山坳里悄悄地爬出来

女孩坐在屋前小溪边

呆呆地想着小心事：山外是不是也这样安

静？

老黄牛悠闲自在

小黄狗还在纳闷：小花猫为什么还没有赶

过来？

四周寂静

时光在这里安然睡去

信　仰

没有比春天更好的画家
没有比植物更震撼的出镜

诗人纵有多丰富的想象力
也无法抵达，阳光
穿透泥土时的模样

如果你我，还相信
如果你我，还走在敬仰的路上

我愿意和你一起虚度时光

我愿意和你一起虚度时光
关闭视听。关上白日的繁华与喧嚣
关上欣喜与苦痛
关上时光背后的幽暗

此刻，我只想和你静坐在这里
喝一杯清茶，聊一聊
旧时的堂燕何时回家
听一听风对雨的誓言，还有
一朵玫瑰花的前世今生

凡尘世里的种种，我悉数放下

多想停下来

我很忙，你很忙，我们很忙
在前行的路上

我们坐上了欲望的列车
开啊，开啊！
我们路过山，路过水
路过繁华和春天，路过许许多多的
美好

多想停下来，多想
看一看窗外
倏忽而过的那树、那花，那风景

可是啊！我们坐上的
是一辆没有司机，而且
想停也停不下来的
欲望的列车

三　月

是母亲的奶水

以雪的形式孕育着大地

才有了三月热热闹闹的盛开

粉的、红的、白的、紫的

还有，女人心底里藏也藏不住的

小心思，全都跃上了枝头

风从南方来，雨从南方来

蝴蝶，从南方赶来

父亲一大早从田头，去了又回

然后呆坐在灶前

一袋烟又一袋烟地抽

什么也没说

母亲戴着老花镜

在日历面前，喃喃自语：

"日子是不是错了，这一年咋就走得这么

快？"

是的，小草一冒尖

春天就要去了

故 乡

每一次远行
我总想藏一把故乡的泥土
然后装进行囊中
那样
我的生命便扎进了故乡的脉络里

每一次远行
我总想藏一弯故乡的炊烟
然后装进烟盒里
那样
故乡的味道就不会远离

当然
让我梦牵魂绕的远不止这些
菜畦里的虫鸣，田里的稻香
还有那一声声悠远而亲近的狗吠声

不信，你瞧！
那散落在故乡小路旁
草尖上的一颗颗露珠
就是我
日日夜夜的思念

等待春天的女孩

无须告诉我们什么

你有你的坚持，还有

整个春天

用来喂养你的诗歌

栅栏外

有许许多多的声音，还有

世俗的眼光

总是躲在某个不为人知的角落

偷觑，并且嘲笑

你的过去、现在，当然

还会有未来

你是需要一束花的，或者

一个鼓励

希望的灯盏

就在远方，明明灭灭

你听见了吗？

戴胜鸟就在桑树枝上栖息

浮萍也开始探出头来

在水面舞蹈

鸿雁飞过，大地清明

我想栽一株桃花，送给你

还有一匹马

不必为路过的风考虑

它有它的方向

该是启程的时候

就这样告别

就这样上路

无法告别

一只手

轻轻地挥别

就这样

跌入了春天的陷阱里

无影无形，不痛不痒

路上行人很多

又是一张张青春稚气的脸

没有人在意

这只手　或者陷阱

就像一朵花

只记住

春天的模样

这个时候

我是怕想起我的母亲

即便不去触碰

她手上刀一样的旧时光

我不知道

你，或者你们

是否也和我一样

紧张，彷徨

或许

我不应如此怯懦

或如此悲伤

我不应该

放弃成为

一段记忆，或是

一处别人眼中的风景

寻 找

我曾在牛顿的苹果树下发过呆
也曾在北岛的麦田里有过呐喊
亲爱的
请别吝啬您的坏笑
我已经一无所有
我不怕炫耀我曾有的崇高

我曾经那么虔诚地
把一颗种子播种在自己的骨骼里
然后努力地
施肥，浇水

有一方天空
我的影子日日夜夜在游动
还有
无数只，折了羽翅的鸟

心总是紧张

热情却渐次退去

我看到站台上

滞留下

满是如我一样的人群

回来吧

一个声音从黑暗处传来

但此刻

我又听到了远方的呼唤

想 你

拉下夜的帷幕

便有了你黑色的眼睛

一袭裙花

迷乱了满天的星辰

敲开梦吔之门

无限温柔便在笑意中落枕

那娇柔的呢喃

可否就是你

梦里的歌声

我偷偷地带走

你帐前的那串风铃

希望来日的黎明

可以摇醒

我迷失的灵魂

天青色等烟雨而我在等你

我站在时光的岸边
聆听
一朵莲渐次开放
闭目凝神
想象，便纷至沓来

一个女子
手执一把油纸伞
在江南雨巷
渐行渐远

你的名字呼之欲出
丁香一样的姑娘
是你么
耳边开始响起唐宋的琴音

我多么渴望

自己是一个书童

静静地，守在你的身边

然后

为你，沏上一杯浓浓的相思

春　梦

冬天一转身

便绿了昨晚的树

一切低微的、困苦的，便开始有了想法

乡村很静，城市很挤

远方

一只鸟

在我的心中渐次丰满

三月里的心事

一场雨来得太突然

思念在心底藏了又藏

最后

在枝头淤结

我开始疏远春风

是她弄湿了

我对远方姑娘的那份思念

初春，我有一个梦想

一个声音

穿过季节

停靠在我的窗前

我仿佛看到

鸟的翅膀

辉煌如夏天里的太阳

一片叶子绿了起来

然后是

远方的天空

你是梦中的等待

给夜色一个理由
或者
给心灵一份绿色
当梦还未落枕
你便踏着风披着月色
飘至而来
一股百合花的清香
从你的秀发滑落
我伸出期待的双手
候你轻轻握及
一袭裙花如你的羞涩
在我的唇边暖暖地绽开

我的思念
便漫溢开来
如那紫红色的藤蔓
爬满你的窗前
我不敢触及你的身边

怕我本无遮掩的心事

惊扰你的一帘幽梦

帐前透明的风铃

是我守候的目光

我期待着

第二天的黎明

为你拂去满身的疲惫

谁明了我内心深处殷殷的期待

唯有你吗

何不用你那轻灵的手

抚摸我的脸庞

梳理我躁动不安的灵魂

让它在想象中静静地跳动

假如你是我梦中的星星

该有多好啊

我要把你装进弯弯的船

我要唱支江南的古民谣

然后

看你那浅浅的笑

候你那甜甜的吻

天使就这样离开

你

踏雪而来

缘着小草的气息

走进我的春天

走进我三月的情话

我

披一身五月的阳光

剪一角雨后的江南

以风的妩媚追寻着你的目光

于是

你的眼睛

你的温情笑意

便随月光

洒满我青涩的帷幔

我虔诚地打开青春之门

等你款款走入我的梦中

一如林中的小鸟

俏皮是你

留下狡黠的目光

挣扎着

从我青嫩的枝头

跳开

在咸湿的雨季

我荡江南乌篷

涉水而上

找寻记忆中星空的倒影

世俗的风　吹来

层层涟漪　骤起

水中的倩影

在淡然中摇碎

唯有我渴求的目光

化为雨巷湿漉的青苔

寂寞成

水乡的风景

呼唤着

你的名字

回响是歉意的灵魂

水里的橹声淹没了

杨柳岸边的缠绵

你的逃避使五月的阳光

再一次在泪光中黯然

倚靠着思念

我孤立在夜幕下

捡拾往日的情事

缘着你脆弱的发丝

往幸福攀爬

我炽热的相思

在你寒冷的目光中

融化

然后从高空坠落成

冬日的雪花

我只有以梅的姿态

独自在寒风中

凄然地绽开

等候来年

灿烂的春天

如果可以

我愿意就这样坐着
一天，一月，一年
甚或一生
抱着旧时吉他
弹一曲心爱的《蓝莲花》
天地如此辽阔
芒草花淡然而静美
这个时候
我是多么的幸福
没有世俗红尘，没有车马喧嚣
心中
只有歌唱，只有远方

泡　茶

水从高处冲下

茶从低处浮起

水有多凶猛

茶就有多欢快

红茶　绿茶　白茶

上午　下午　晚上

这些不是关键

关键是

那从杯中飘散出的雾气

有你所有的不快

那就好

年　关

又到年关了，而我

却没有了童年时的欢呼雀跃

我静不了心，也安不了魂

我的包裹越来越重

年迈孤寂的老母亲，疾病缠身的岳父母

远在秦皇岛求学的儿子，还有心中牵念着

的女人

日子越过越长

我不是一个有出息的人，我的亏欠

越积越多

年关近了，心却乱了

坐着祈祷和思念多好

躺着、梦着多好，无声地流泪

多好

这世界无聊的事真多

这世界无聊的事真多

一朵花开了又谢谢了又开

真无聊

一棵树一生就在一个地方木木地站着

真无聊

一条河总是没日没夜朝一个方向流

真无聊

这众生老是这样每天忙来忙去

真无聊

烦恼像日头高高地照着

我真想

有一根长竹竿

把它捅下来

像麻雀一样生活

有没有房子就罢了

一个小小的树洞就够了

再赐我一对翅膀，几处屋顶

三五个能唱歌会玩耍的朋友

当然，也可以有豆角棚、南瓜花、会自言
自语的小胖鸽

有贴着墙面行走的阳光，以及被光束轻轻
搅动着的小小尘埃

到了那时，我就哪儿也不去，天天在屋顶
上溜达

雨天就待在树洞里回想往事一样回想她

那光景说起来似乎很无聊，但我知道

幸福的日子往往就是这样过的

在火车上

在梦醒时分
早晨
就来了
窗外，油菜结满了细细的籽，阳光
又轻，又白
一切都是最好的样子

没有什么要做的事
在火车上
没有
要记起的人
没有诉说
没有孤单

"让月亮照亮你的远方"
"让忧伤随流向一同遗忘"

我也只是在他乡
走过一个又一个陌生的地方

上帝之手

这尘世真正奇妙
上一刻
在火车上和一个南昌女人
聊得甚欢。谈她有出息的儿子
谈她聪明懂事的外孙女
下一刻
一声道别，便消失在匆匆离去的行人里
从此俩不相见

上一刻
在秦皇岛外，鸽子窝公园
看海，看鸽子
看一对情侣在沙滩上浪漫牵手
下一刻
一个转身，他们便远离你的视线
永不再见

上一刻

在北戴河的公交车上

一个手捧《泰戈尔诗集》的白衣女孩

与你同座，一同谈诗和远方

下一刻

她提前下车，不知道姓啥名谁

便匆匆离去，从此

永无相见

上一刻

在燕鸣湖畔，看春柳飞絮

看晨读的男孩，女孩

下一刻

一个转身，便踏上了离开燕大的火车

而所有这一切，一生一世

仅此一回，永无再来

鸽子窝公园

海，茫茫无边
海鸽子静静地落在沙滩上
像一朵朵浪花

我从遥远的南方赶来
大海没有悲喜
海鸽子没有悲喜

我赤脚走在海边
走过悲，也走向喜

我看见海的尽头
一片海的浪花正缓缓地向我飘飞过来
那么勇敢，那么美

曹山寺

静
柏树、银杏、石象
寺院里的众僧，一言不发

与你遇见，我错过了一千年
请原谅一颗愚钝的心
原谅我，姗姗来迟

众生走了又来
香火点了又灭
你成不了低眉菩萨
我做不了怒目金刚

再怎么顶礼膜拜
在尘世
依然有人，放不下
那一个字

敬老院的老人

五月的阳光把敬老院照得
一片明亮
香樟树多么葱绿,稻田里送来
阵阵清香

老人们神态各异
有的坐在墙根下眯着眼睛晒太阳
有的,弓着腰在狭窄的走廊上
走来走去
有的,对着天花板喃喃自语

他们神情呆滞,目光虚无
这一棵棵老树,在落尽叶之后
安静地退下蜷缩在
生活的角落
桃花不是他的,春风不是他的

他们所拥有的
只有甩也甩不掉的病痛，只有
对儿女无尽的想念

我在想：
上苍是不是忘记了悲悯
时间是不是忘记了悲悯

没有了青春的人
就像没有了桃花的春天
让一个活着的人就此沉默
哑口无言

对　弈

在盱江大道的路上
香樟树下。两个年轻人
正执子对弈。
许多人正驻足围观
下棋人平声静气
看棋人却争得面红耳赤

生活就是这样
让我们哑口无言，也让我们
暗生花香

小区的早晨

下了一夜的雨停了
冬青树满身湿漉漉的绿
麻雀的叫声密集起来

天阴沉得像怨妇
刷、刷、刷
一个身影在灯光下来回移动

一天又开始了
万物充满着期待

没有比麻雀更欢快的叫声
没有比环卫工人
更安静的忧伤

万物生

满树满树的荻花
风使了一下坏
从此，一生漂泊

满地满地的人
上帝使了一下坏
从此，一生挣扎

阳光照，万物生
水流千年

你想起了什么

一天又要结束了
隔壁的小学校园里
小伙伴嬉戏打闹的声音渐渐弱了

多么相似的时光啊！
你想起童年，少年
想起更早的那些春天

什么都改变了
陪你一起上学的人
老了
只有屋顶上的炊烟还在
提醒着
人间，什么是易逝的
什么叫作永恒

十　年

寂寞的深夜
青蛙们默默地
在练习着歌唱
麻雀睡了，小青虫睡了
自以为是的百灵鸟睡了

青蛙们不知疲倦地唱着
练习着。一个晚上
一个夏季，年复一年

十年后
在某一次大型演唱会上
在某一本图书的扉页中
在某一部知名的电影里
我看到了他们

寂静的生活

小竹篮，挂在院墙上
红辣椒，晒在竹箕里
奶奶坐在屋门前
一线一针缝补着旧衣裳

父亲从山里打柴归来
小黄狗急速跑向前
摇尾、抱腿，讨欢喜

小花猫慵懒睡在灶台上
水龙头上的水，滴答滴答
轻轻落进瓦缸里

阳光静静地照进来
新事旧物
一片明亮

无　题

有时

我坐在观音莲花宝座上

看芸芸众生忙来忙去

有时

我躲在草丛中学蚂蚁

把众生丢掉的幸福

搬进洞里

依旧如此

夜深了
我穿城而过
我遇到许多同我一样的夜行人

他们都去了哪里，都干了些什么?
我一无所知

但我知道
如果明天我还是这样穿城而过
还会遇到许多这样的夜行人

而且我还知道
我所看到的寂了
依旧如此

众　生

我走在上班的路上
老人坐在医院门口的台阶上
麻雀站在电线杆上

时间之外
众生来，众生去

一天很短
一生很空

如果你遇见她

某一天从小学路过
我忽然发现
我的童年没了
我不知道她到底去哪了

我知道很多人和我一样
非常怀念她

如果你遇见她
请你安慰安慰她
如果她哭了
请给她一片纸巾

请一定要让她回来
告诉她我一直在等着她

广　昌

初冬，清晨
盱江河畔，芒花坚忍
银杏积攒最后的美献给天空
献给小城

此时，一定有人还在甜睡
此时，已经有人在奔忙的路上
盱江河缓慢向前流动，平和而安静
远处有鸟声传来，清新委婉

我想，留一份想象
给这座小城，给来年的春天

在路上

云朵停悬在空中
牛群在山坡上进食
雨后的树木，轻轻抖落身上的水珠

动车按时到达
南来北往的旅人一拨又一拨

世界在改变
又好像
什么都没发生

曾经我是那么的幸福

在九月的路上
与你遇见
风是那么的轻柔
阳光也饱含微笑

总是有你一脸的羞涩
在我的心里
总是在桐花盛开的清晨
默念着你的名字

多少个晨曦和傍晚
我和你坐在梧桐树下
听南方归来的信鸟
喃喃耳语
我的心事便如树叶般纷纷飘落
你轻轻地说
我细细地听
一段岁月

多少个过往

曾经我是那么的幸福
你总是轻拉我的手
一脸的温柔
我总是笑看着你的眼
满心的虔诚

曾经我是那么的幸福
在九月的路上
在桐花盛开的时候

迷　失

我总是很忙

从黑夜到白天，从冬天到春天

我把我的苦闷，藏在过往的风里

偶尔，我也从枯井里爬出来

偶尔，等待夜虫撞破我的网

多明亮的世界啊

蝴蝶在花园里嬉戏

田野里，蒲公英在阳光下飞舞

一个声音说：出来吧

但我，总是很忙

没有人同情我的苦闷

如同我忽视别人的痛苦一样

墙，越来越厚

壳，越来越重

在梦的森林中

我听到刺鸟的叫声

从很远的地方传来

清明如鼓

夏日记

玉兰花谢了
洛石花也恢复了藤叶状态
静卧在墙头
春天盛事过后，一切
又复归平静

这让我想起了自己的一生
每天忙东忙西，上班下班
开花的日子很少。不过还好
偶尔，我也写写诗
偶尔，也会有桃花盛开在梦中

暮　年

对面邻家屋顶上
茇茇草在风里摇晃，身子立了又倒
这光阴啊，真快
才半个夏季，容颜便老

海棠树下
老人神情朴素。她的目光
望向茇茇草，若有所思

屋内空无一人
阳光从天井落下来
又轻，又明亮

一只陪伴多年的猫
静卧门边
眼睛里尽是慈悲

寂　寞

春天寂寞
就长出了雨水，长出了花

夏天寂寞
就长出了蝉鸣，长出了树

湖水寂寞
就长出了渔歌，长出了鱼

人生寂寞
就长出了诗歌，长出了爱

无 题

我常常想起春天

雨水滴答滴答地下

我们从世俗里起出来

就像翻出泥土的小虫子

春天简短呀

我的一生

我的一生
只为了，在寂静之中
获得一首诗
而费尽心思

千方百计地找寻
为的是，从一首诗中
享受活在天地间的
无上幸福

端午节

母亲把棕叶和麻苇
洗净，捞出
把盛有红小豆、肉块、咸蛋黄的大小搪瓷盆
一字排开

把包好的青棕十个一摞
捆扎起来
放入柴火灶锅中焖煮

把嫩青青的菖蒲和艾叶
挂在门楣上
把煮熟的鸡蛋
一个个点上眉红

年近不惑的他
静坐在石榴树下
看母亲做着这一切
竟毫无喜悦

是的
他想起了他的童年

他心底的忧伤
被岁月打磨过的人
都懂

时　光

青色的山
落着细碎的雨
门口的玉兰就要开了

你站在我的身边
轻声诉说

每个人的梦里
都藏有几个难过的词
我们都是自然的生灵
都是神垂怜的事物

人生无常
世事沧桑

让我们在尘世繁华里
轻轻生长
饮尽忧伤

岳 父

岳父已经是苦的
从小丧失父母，从小帮人打长工
可为什么
还要有那么多病
像蚊子一样那么多的病
贫穷还不够吗？
磨难还不够吗？
衰老还不够吗？
我甚至觉得
岳父的肉体、汗液、呻吟
也是药的苦
甚至连岳父用力挤出的微笑
也浸透了浓浓的药的苦味

母　亲

我总是故意不去想起母亲
我怕搅动母亲日子里，那深深的寂寥
如同深夜里，我自己一个人独处异乡的寂寥
母亲是如何由年少到垂暮的
我很多时间是不知道的
我只管走我的路，我只管我的工作
只管我的老婆和孩子

父亲在的时候，母亲是快乐的
她可以挖野菜、喂猪、带小孙子
农忙时还可以给收割稻子的哥哥嫂子送水
送饭
父亲不在了，母亲的快乐和充实也就不在了
原来厚实的日子，忽然也就变单薄了

每次我去看母亲时，母亲都很动容
我和母亲的目光，总是在离母亲很远的地方
轻轻地碰了一下，然后就急急地逃开

母亲坐着，我站着

母亲嗫嚅，我不安

我原来的母亲再也找不见了

我原来的我再也找不见了

致陶婷

对于一个有时间质地的女子
想象是生涩的
但走近还是要有的
即便是只蝴蝶，也无法读懂
一朵花的喜怒哀乐
在你的呼吸里，并不缺少
暖风、阳光和鸟鸣
当然，还有
音乐、时尚和爱情
蓝狐的眼光里
总会在某个时候
流露出
揣度，或者非议
但，那又如何
沉默
就是黑夜盛开的一朵
温情的花
我在想，若是在春天

你一定是我遇见的

那个，最想靠近的人

致邓雨霞

我们只有偶尔的交织

又总是，各自散开

但这并不影响

我走进一扇门，一颗心

太多的情节需要去约定

太多的故事需要一个结局

我总是错过无数个清晨或黄昏

在香樟树下，与你遇见

虔诚是有的，水仙花似的眸子

在我的梦里绕来绕去

若是在四月的仲春

你一定能够听见

杜鹃刻骨铭心的吟唱

也许你还不够明了

那好吧

我愿是一尾鱼

于万千世界中，平静地

在你身旁，游来游去

致尧建华

我并不想有意赞美什么

每次与你遇见

总会让我想起兰花

还有兰花背后的春天

一个人总有自己的坚守

在时间的过道里

安放着，行道树般的淡定与从容

五月的阳光

　如同儿时的笑脸，轻盈而通透

时光让我们相遇

情缘就一定不会沉寂

我不知道，还有谁

能够读懂你眼里的那份平静

我想留一个出口

等待若干年后

我们彼此，再一次相见

三月，春红匆匆

——为纪念婶婶而作

终究还是放下了。在这三月的雨季

所有的牵挂，还有负累

青涩的花蕊已跃上技头。鸟儿悬窗歌唱

而你，已同三月的流水

去了天的那一边

黑暗不再黑暗，桃花暗自流红

这都没关系。

曾经的摆设还在，满屋的亲情还在

不舍是有的。阳光，还有院里那棵

默不作声的柚子树

蹒跚学步的小孙子也还在寻思着奶奶

我不知道，该用怎样的语言来讲述你的过去

时间很厚重，回忆如此单薄

我不忍默想你最后的笑容

还有那份对幼小生命的嘱托

你还是放心走吧。雨季过后便是春暖花开

一切还在继续。黑暗不永远是黑暗

杜鹃已开满山野

我知道

还有许多的夙愿你未曾看到

叮咛和嘱托不能从你的咽喉吐出

你是有留恋的，朝夕相处的老伴可以作证

青梅竹马的邻里姐妹可以作证

你还是放心走吧。小幼苗会茁壮成长

浓浓的爱意还会在你曾经生活过的地方

温暖，然后传递

夏文杰

夏文杰是茶店老板的三岁小儿子

虎头虎脑，像月光下

西瓜地里叉豪猪的闰土

喜欢玩酷跑游戏，喜欢会漂移的赛车

每次喝茶聊天时，我们这些茶客

都喜欢逗他

一个说："夏文杰是个坏蛋。"

他就说："我妈妈楼上有刀。"

一个说："夏文杰，明天我把你送到乡下

去。"

他就说："阿毕跟你喂。"①

一个说："夏文杰，把你卖掉去。"

他就说："把冰冰（姐姐）卖掉去。"

很多年以前，我们都是夏文杰

许多年以后，夏文杰也逗小孩

① 南城方言：我不跟你玩

地方志

古韵金溪（组诗）

洛　城

我忽然想去洛城

在稻子落花的秋天

去抚河边听船娘的橹声

去沙洲上看掠水而飞的鹭鸟

去十里古樟林找寻月光一样的乡愁

是的，那里有

烟岚起伏，岸芷汀兰

如果，你愿意

循着炊烟渔火，狗吠鸡鸣

你会遇见，坐在巷口石凳上聊天的老人

在他们慈祥的目光中

有苦寂的日子

平淡如水的幸福

还有疾驰如飞的光阴

时间这样流逝我并不悲伤

在洛城

我想，我会看到
稀疏的灯火慢慢点亮

象山公园

冬日午后在象山公园草地上小憩，真正奇妙！
阳光像初婚后的新娘。路过的风
轻轻的，棕榈树寂静安详
三两声鸟鸣从桦树枝丫上落下
一群孩童寻寻躲躲，无限欢喜

一对情侣正坐在湖边，窃窃私语
湖水微漾
时光在流逝。一切简单，安静
仿佛一种沉睡，在我身上
而我希望——永远不要醒来
曾经的悲伤，失意和愤怒
在温暖的阳光和轻柔的细风中
会一点点睡去，直至消失

竹桥古村

初冬的竹桥村多么安详

夕阳的余晖洒满田野，枯荷静默

一些人沿着栈道走进村庄，还有一些

正在赶来的路上，欢呼雀跃

 我喜欢这尘世的宁静，喜欢一个人

走在竹桥村弯弯曲曲的小巷

看水塘边的村妇浣洗衣裳，看沙枣树

爬上墙头

此时有太多的心思涌入心底

我选择沉默。我多么希望

采一束月光，让我看清

这时光疾驰背后的真相。我梦想自己

变成一只蓝尾狐

悄悄地潜入每一扇虚掩的门，格花窗里

一个妙龄女子正在对镜梳妆

门里藏满秘密，待我一一揭开

请允许我守口如瓶，允许我

在月色下尽情想象

 我想，我就在这里，在六百年的古村

等三月的春风，等一场细雨
等一次花事在我面前渐次展开
我想象过竹桥村接下来的样子
阳光暖了，桃花开了
遍地的足音填满村庄
一个脸带笑意的姑娘，正立在村头
等待一个个新鲜的旅人，共享竹桥村
百世荣光

山水南城（组诗）

麻姑山

我愿意把我看到的所有美好告诉你

在麻姑山

我肯定我是心满意足的

静美的双龙湖，湖面上闪动的夕光

崖壁上飞流的小瀑布

我在山间小路上穿行，歇息，出神

风声细微，叶响轻柔

那一刻，我是多么的惊喜

柏树老了，酸枣树老了

刚入世的水竹低眉而虔诚

这世上的物事啊

一转身，便是沧海桑田

丛姑山

某一日，突发闲意

约文龙、小明登丛姑山

别离小城嚣尘，我们

一鼓作气，爬上一线天巨石

歇息下来

太阳尚未下山

松树林里，有同游女倌应声

清脆的笑声穿透山林

牛群就在山下，恬静地吃草

盱江河上波光点点，沙船静立

山坡后，一条高速通向远方

车辆，时间

疾驰如飞

磁圭古村

没有什么，比这里更安静

山是静的，水是静的

小狗的眼神是静的

鸟的鸣声是静的

一条小溪缓缓流淌

石菖蒲生长在岸边

村妇慢步走过石拱桥

坐在溪石中央浣洗衣裳

风轻轻地吹来

日子缓缓地流过

盱江河

你来，河水轻轻流

你走，河水流轻轻

冬天枯，夏日涨

我坐在河边，看

太阳落，鸟儿飞

草木都那么乖，那么静

我遇见的人，个个都藏有悲喜

这个世界这么美

这尘世这么匆忙

走进里塔中心小学（组诗）

最　美

让我有幸走进你

这就足够了

初冬的校园

阳光轻薄而明亮

我多么想说出我所看见的

那些美。安静的香樟树，纯真的小孩

还有墙上盛开的智慧花朵

我知道我想靠近她

一次又一次地想置身其中

校园里，小小身影来回走动

看见他们

我的烦忧，就会蓦然熄灭

我多么想对人说一说

里塔小学的美

多想让人知道

因为她，我愿意回到

童年时代

长满翅膀的校园

就这样吧就这样

坐下来。听

余银祥校长娓娓道来：

一枚枚珍珠是如何打捞出海的

一个个灰姑娘是如何变成小天使的

在这个校园

在这个长满翅膀的校园

如果有心，是可以

采集到果实和花朵，真诚和爱意

我是真的

愿意在清晨第一缕阳光到来时

看见那一张张稚气的脸庞

愿意听到那一串串银铃般的笑声

而此刻的我

是多么的幸福

走进南城实验中学（组诗）

遇　见

这个上午

所有的美丽都是我的

每一次想象

都仿佛回到菁菁少年

校园古老而新鲜

从运动场的绿草坪，到小巧闲亭

远处传来的笑声

我跟随着它

各处都停留了一小会儿

我看见

香樟树下的

青草之间，静静看书的她

微笑是那么美

而这样的遇见

我愿意，愿意用我全部的虔诚

把赞美，递过去

校园即景

青樟树那么安静

紫藤花那么安静

草地那么安静

一个孩子，三两个孩子

一群孩子

或安静阅读，或窃窃私语

或嬉戏打闹

我站在远处，在时间之外

看那些

静静开放的花朵

看美丽天空

后　记

　　说起出书，我真是有点汗颜。在文学上，我既没有天性禀赋，又不够勤奋努力，更多的，我只是一种喜欢，一种业余爱好而已。我知道自己才疏学浅，也知道自己几斤几两，我写的东西很稚嫩，也很粗浅，所以我很少往报刊媒体上投稿，大多时候都是自娱自乐，但这不影响我对文学的追求和热爱。

　　其实我真正开始接触并喜欢上文学，是在我工作十年之后，也就是2002年，我在南昌航空工业学院进修学习的时候。也许是因为心中一直埋藏有文学的种子，又或许是因为美好的大学时光重新点燃了我对文学的激情。在南航四年进修学习，给了我很好的读书时间和空间，也让我在经历十年世俗生活之后，又重新走进"象牙塔"，走进充满青春气息和文学氛围的大学校园。大学里，虽然我读的是计算机专业，但课余更多的时间却是花在看文学书籍上。那个时候，看了很多文学图书，也写了很多青涩文字，并且在2003年，荣获南昌航空工业学院成人教育学院"文学之星"称号。那时候，对文学有一种痴狂，没事的时候就想写点什么，在教室里写，在寝室里写，在网吧里写，甚至坐在学校草坪上写，有时来了灵感，半夜从床上爬起来写。就这样，文学的种子在我心里真正深深地扎下了根。记得那个时候，常去逛文学论坛，网易文学、三月风、华林红枫，后来又去了红袖添香、榕树下、江山文学网。曾经还在网易文学论坛中的诗词在线和花间戏水版块当过近两年的版主。

2005年南航学习毕业，后来重新回到工作岗位，对文学虽然没有在南航读书时那么狂热，但读书、阅读、写作却成了一种生活习惯。平时，不管工作有多忙，生活如何累，闲暇之余，我都会看看书、写写字，特别是随着年岁的增长，经历的事多了，也看惯了世事繁华，内心变得越来越淡泊、安静。我越来越感觉到读书是一件多么快乐而又幸福的事。我想，古话"书中自有黄金屋，书中自有颜如玉"或许说的就是这种幸福吧。

人生一世，有许多的苦和累。地位、金钱、名誉、事业、梦想，许许多多的欲望在我们心里纠缠、争斗，无休无止。何以解忧？学会享受精神生活，而读书、写作是一种享受精神生活的很好方式。这也是我喜欢看书、写字的一个原因吧。

自己之所以喜欢文学，是因为觉得在阅读中能感受到快乐，能使我心安静下来。随着社会经济的快速发展，人们越来越注重和追求物质财富，越来越看重社会地位、金钱和名誉。许多人变得越来越浮躁和功利。喜欢看书的人，却成了某些人眼中的另类，被看作是不谙世故的"书呆子"。我也许就是这样一个"书呆子"，但我愿意成为这样一个人。

这本书今天能有机会结集出版，在这里，我要真诚地感谢一个人。他既是我的领导，又是我文学道路上的引路人。是他给了我许多的鼓励和帮助，才最终促成这本书的出版。在这里，我不便于提及他的名字，就在心里真诚地记着，这也是一份独自的美好。

"采菊东篱下，悠然见南山"，陶渊明入世又出世，最终选择归隐，这就是文学的精神力量。不管在文学道路上是否能够成功，我依然愿意坚持走下去。

大道无垠，心是方向。